AF369920

VENTE

du Mercredi 15 Février 1905

HOTEL DROUOT, SALLE N° 9

Tableaux Modernes

DESSINS, AQUARELLES, GOUACHES

Paris 1905

PARIS. — IMPRIMERIE C. CHAUFOUR

8-10, Rue Milton, 8-10

VENTE

HOTEL DROUOT — SALLE N° 9

Le Mercredi 15 Février 1905

A 3 HEURES

Tableaux Modernes

DESSINS, AQUARELLES, GOUACHES

PAR

Beauquesne, E. Boirin, Gagliardini, Chaigneau,
Charpin, Chéret, Damoye, Daubigny, Deleus, de Condamy,
de Neuville, Duez, Durieux, Forain, Gallien Laloue,
Gimon, Gros, Guillaume, Guillemet,
Japy, Jongkind, Luminais, M. Lenoir, Le Poiterin, Le Roy,
G. Luckhart, Bastien Lepage, H. Pille,
Pelouze, P. Pelletier, Petitjean, Pezant, Sauzay, Stevens,
H. Vernet, Veyrassat, A. Willette

Mᵉ J. GUILLET	M. F. CUÉREL
Commissaire-Priseur	Peintre-Expert
34, Rue Baudin. Tél. 3o8-37	9, Rue Eugène-Sue

EXPOSITION PUBLIQUE

LE MARDI 14 FEVRIER 1905

DE 2 HEURES A 5 HEURES 1/2

CONDITIONS DE LA VENTE

La vente sera faite au comptant.

Les acquéreurs paieront *dix pour cent* en sus des prix d'adjudication.

L'Exposition mettant le public à même de se rendre compte de l'état des objets, aucune réclamation ne sera admise une fois l'adjudication prononcée.

Paris, Imprimerie C. Chaufour, 8-10.rue Milton

DÉSIGNATION

TABLEAUX

BEAUQUESNE

1 — Episode de Buzenval.

2 — En Avant !

BOIVIN (E.)

3 — Une mare (environs de Biskra).

BOULARD

4 — La Rentrée de l'école.

GAGLIARDINI

5 — Environs d'Antibes.

CASTAN

6 — Paysage.

CHAIGNEAU (F.)

7 — Le Retour du troupeau. soleil couchant (signé à gauche).

CHARPIN

8 — La Gardeuse de moutons.

9 — Moutons sous bois.

10 — Moutons au pâturage.

DAMOYE (E.)

11 — Une mare (**matinée de printemps**).

DAUBIGNY

12 — Une mare (coucher de soleil).

DELPY (H.-J.)

13 — Bords de l'Oise.

DE NEUVILLE

14 — Peinture sur panneau.

DUVIEUX

15 — Vue de Venise.

GIMON

16 — Vue d'Italie (paysage).

17 — Paysage avec cours d'eau.

GUILLEMET

18 — Environs d'Etaples.

JACOB (A.)

19 — Pormorin (la Seine aux Andelys).

20 — Déchargement de plâtre (pont de Sèvres).

JAPY

21 — Troupeau de moutons (crépuscule).

JONGKIND

22 — Marine en Hollande.

LENOIR (Maurice)

23 — Panorama de Villette.

24 — Egly (Seine-et-Oise).

25 — Rue d'Espaly (environs de Puy).

26 — Le Pont de Bry-sur-Marne.

27 — Route de Vert à Mantes (Seine-et-Oise).

28 — Montigny (vue de l'Eglise).

LE POITEVIN

29 — Pâturage en Normandie.

LE ROY (J.)

30 — Un trio de matous.

31 — Un chat.

LUCKHART (Georges)

32 — La Rentrée du troupeau.

33 — En soirée.

34 — La moisson.

35 — Retour des champs.

LEPAGE (Bastien)

36 — Bateaux de pêche.

MADELAIN

37 — La gare de Lyon vue de la Seine.

OTTIN

38 — Bords de la Seine à Paris.

PELOUZE

39 - Forêt de Fontainebleau.

PENOT (Eugène)

40 — Plage en Normandie.

PETITJEAN

41 — Audresselles (Nord).

PEZANT

42 — Départ pour le pâturage.
43 — Vaches au pâturage.

SASSIE

44 — Le Printemps.

SAUZAY

45 — Ferme en Normandie.

STEVENS

46 — Marine.

THORIN

47 — La Déclaration.

VERNET (Horace)

48 — Mazeppa (esquisse de son tableau du musée d'Avignon).

WILHEMS

49 — Venise. Effet de lune.

WILHORSKI

50 — Le Pont transbordeur à Rouen.

ZAWISKY

51 — Le Moulin Rouge.

DESSINS

CHERET

52 — Sanguine.

GROS

53 — Napoléon aux Pyramides.

GUILLAUME

54 — Chez Molière.

55 — Revue comique.

56 — Costume d'Ève.

57 — Modern style.

MOITTE

58 — Au Vatican.

PILLE (H.)

59 — Dessin à la plume.

VEYRASSAT

60 — Les Bûcherons.

61 — La Moisson.

62 — Arracheuses de pommes de terre (ces trois dessins portent le cachet de la vente).

WILLETTE (A.)

63 — L'Auberge du clou.

AQUARELLES

BARYE

64 — Fauves couchés.

DE CALMELS

65 — Fleurs.

DELCUS (L.)

66 — Deux vues de la forêt de Fontainebleau.

DE CONDAMY

67 — Le Relais.
68 — La Pâtée.

DUEZ

69 — La Plage de Trouville.

FORAIN

70 — Le Vieil acteur.

GUIGNÉ

71 — Bourron (vue prise de Marlotte).
72 — Brancourt (Aisne).

HELLER

73 — Cardinal lisant le *Figaro*.

LABE (E.)

74 — Rêverie.

LUMINAIS

75 — Chasse au canard.

SUPPARO (A.)

76 — Le Coffret.

77 — Les Bijoux.

THORNLEY

78 — Une Falaise.

VIBERT (attribué à)

79 — Deux Cardinaux.

GOUACHES

GALLIEN-LALOUE

80 — Matinée au Châtelet.

81 — Boulevard Saint-Denis.

82 — Les Baraques du Jour de l'an (grands boulevards).

83 — Marché aux fleurs (la Madeleine).

84 — Rue Notre-Dame.

85 — Devant la gare de l'Est.

86 — Place Saint-Michel.

PASTELS

PELLETIER

87 — Les Blés (Epinay).

88 — La Porte Clignancourt.

89 — La Rue de Norvins.

90 — Tableaux omis.

RED. :

18

0 1 2 3 4 5 6 7 8 9 10